A plantinha que murchou

PRISCILA MACHADO BEIRA

A plantinha que murchou

Editores: *Luiz Saegusa e Claudia Z. Saegusa*
Direção Editorial: *Cláudia Zaneti Saegusa*
Capa, ilustrações e diagramação: *Rui Joazeiro*
Inspiração dos personagens: *Anna Francesca Beira*
1ª Revisão: *Rosemarie Giudilli*
2ª Revisão: *Clara Tadayozzi*
Finalização: *Mauro Bufano*
1ª Edição: *2020*
Impressão: *Lis Gráfica e Editora*

Dados Internacionais de Catalogação na Publicação (CIP)
(Câmara Brasileira do Livro, SP, Brasil)

Beira, Priscila Machado
A plantinha que murchou / Priscila Machado
Beira; -- São Paulo : Intelítera Editora, 2020.

ISBN: 978-85-7067-027-4

1. Literatura infantojuvenil   2. Luto - Aspectos psicológicos   3. Luto - Literatura infantojuvenil
I. Título.

20-33779   CDD-028.5

Índices para catálogo sistemático:
1. Luto : Literatura infantil   028.5
2. Luto : Literatura infantojuvenil   028.5

Cibele Maria Dias - Bibliotecária - CRB 8/9427

Rua Lucrécia Maciel, 39 - Vila Guarani
CEP 04314-130 - São Paulo - SP
11 2369-5377
www.letramaiseditora.com.br - facebook.com/letramaiseditora

SUMÁRIO

Capítulo 1 - Eu sou Isabela 7

Capítulo 2 - Minhas plantas 9

Capítulo 3 - Meu sonho se realizando 11

Capítulo 4 - O nascimento do meu irmão 13

Capítulo 5 - Ele cresceu muito para cima! 15

Capítulo 6 - Tem alguma coisa errada 17

Capítulo 7 - O jantar 19

Capítulo 8 - O tratamento 23

Capítulo 9 - Minha plantinha murchou 25

Capítulo 10 - O que vai acontecer? 27

Capítulo 11 - A despedida 31

EU SOU ISABELA

Eu sou Isabela, mas podem me chamar de Belinha.

Tenho 7 anos e gostaria de contar um pouco da minha história para vocês.

Eu sempre gostei muito de plantas, desde pequena. Dizia para todo mundo que gostaria de ser bióloga, só para descobrir como as plantinhas funcionam. Como será que elas se alimentam, se elas não têm boca? E como elas respiram, se não têm nariz?
Bem, com certeza descobriria um dia.

Minhas plantas

Sempre gostei de ganhar plantas de presente de aniversário e de Natal e sabia cuidar muito bem delas. Mas, claro que eu tinha as minhas preferidas: uma violeta, um cacto e uma orquídea. Elas tinham até nomes: Violeta, é claro, Espinhudo e Princesa.

Então, mesmo gostando muito de cuidar delas, eu comecei a sentir muita falta de ter uma criança ao meu lado. De brincar, sabe?

Como seria ter uma irmã? Ou um irmão? Será que um irmão brincaria das mesmas coisas que eu? Será que ele toparia brincar de tudo que eu gosto? E uma irmãzinha? Será que toparia mais ainda?

E a partir de então, todas as noites eu ia dormir imaginando como seria ter um companheiro de brincadeiras ao meu lado, alguém que morasse junto comigo, e até sonhava lindos sonhos com esse irmão ou irmã. Cheguei até a pedir para os meus pais de presente, em vez de uma plantinha nova.

MEU SONHO SE REALIZANDO

Mas, como eu imaginei e sonhei muito, minha mãe veio me contar que estava esperando um bebê e me lembro bem de que este foi o dia mais feliz da minha vida!

Mas só que demorava muito para o bebê nascer!

Até que um dia meus pais voltaram do médico com uma notícia para mim: era um menino!

Eu fiquei muito feliz e pensei: com certeza brincaremos das mesmas coisas e vamos ser muito felizes.

Chegamos até a pensar em alguns nomes juntos, mas minha mãe preferiu olhar para a carinha dele e escolher o nome na hora do nascimento.

O NASCIMENTO DO MEU IRMÃO

Bem, até que enfim o dia que não chegava nunca, chegou! E o nome escolhido para ele foi Vitor. Não sei por que, mas meus pais acharam que ele tinha carinha desse nome.

Meu irmãozinho era lindo! Bem, meio esquisito no começo, mas depois foi ficando uma fofura. Cada dia que passava ele ficava mais bonito, mais gordinho e começou a nascer cabelo!

Cada dia ele aprendia a fazer uma coisa nova.

Era muito esperto, como eu.

Ele cresceu muito para cima!

Vitor foi crescendo, crescendo, e cada vez mais eu fui gostando da sua companhia.

Bem, claro que com a chegada dele, eu tive que passar a dividir algumas coisas que antes eram só minhas, por exemplo, nossos brinquedos e até nossos pais. Antes o colo era só meu, mas depois era uma perna para cada um. Juro que até cheguei a ficar com raiva dele, mas passou logo. Passou porque eu gostava muito dele!

Claro que brigávamos por algumas coisinhas e discutíamos por coisas bem bobas, mas tudo isso fazia parte da nossa infância. Eu me divertia muito com ele.

Tinha hora que ele escolhia a brincadeira, e mesmo que eu não gostasse, eu brincava com ele, porque sabia que depois eu escolheria a brincadeira e ele brincaria comigo também. E assim sempre deu certo.

Éramos muito amigos e confidentes um do outro. Sua companhia me alegrava e tornava meu dia mais leve.

TEM ALGUMA COISA ERRADA

Meu irmão brincava muito, como qualquer outra criança, mas de repente, começou a ficar desanimado. Eu chamava Vitor para desenhar, brincar de bola, escolhia as brincadeiras preferidas dele, mas ele queria ficar deitado no sofá o tempo todo. Parecia que estava sempre cansado e fraquinho.

Ouvi minha mãe falando para o meu pai que deveriam levá-lo ao médico, que Vitor não era assim. E foi isso que aconteceu.

Lembro que estava aguando minhas plantinhas com a minha avó, quando meus pais chegaram chorando. Perguntei o que tinha acontecido e minha mãe disse que preferiria falar com todos nós juntos na hora do jantar.

Fiquei preocupada o dia inteiro, e meu irmão, só deitado, bem tristonho.

Nunca fiquei com tanto medo da hora do jantar!

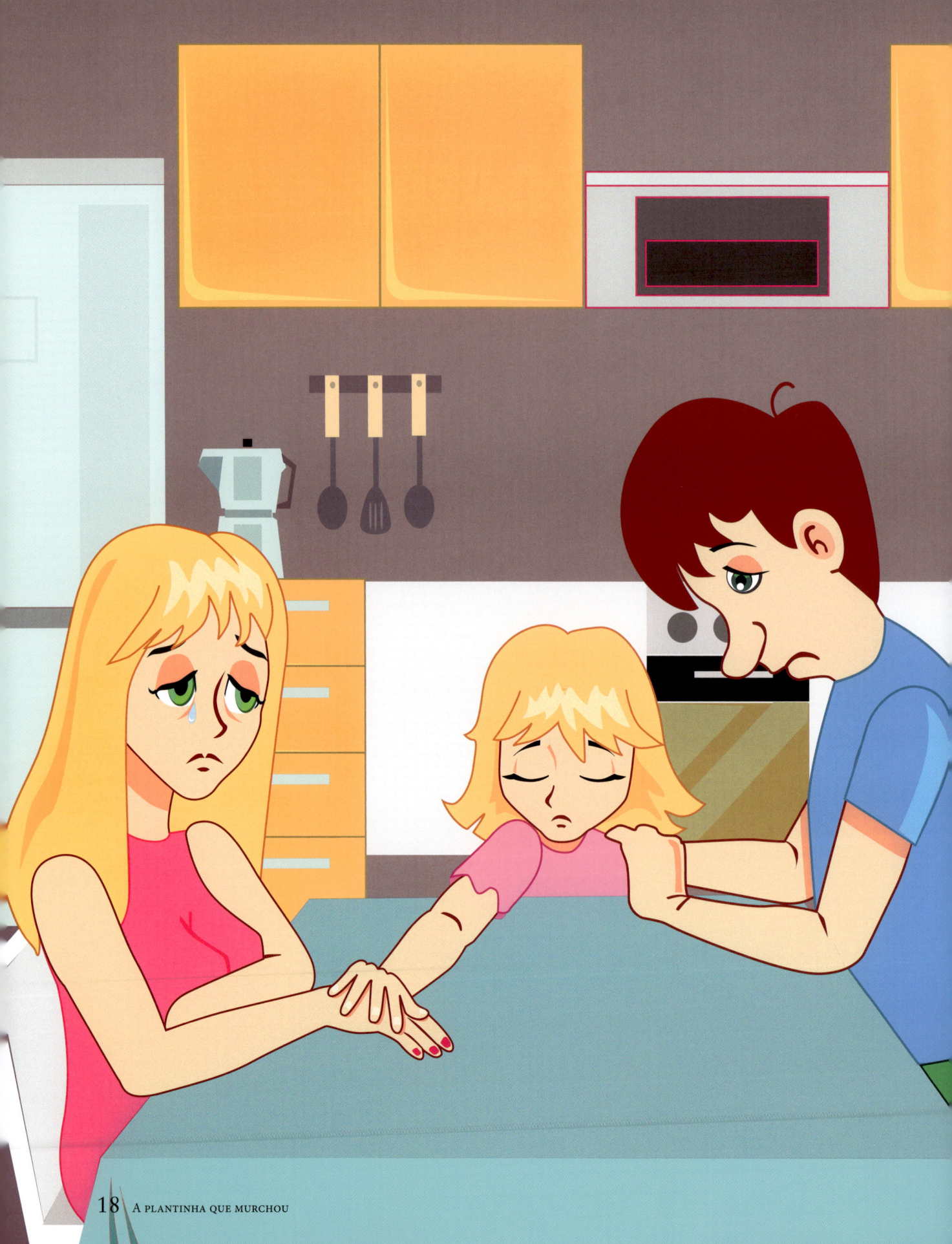

O JANTAR

Chegou a hora de conversarmos sobre o que estava acontecendo. Estava acontecendo alguma coisa, eu sabia disso, mas não sabia o quê.

Nós estávamos sentados à mesa, quando minha mãe quis falar. Percebi que seus olhos estavam cheios de lágrimas.

– Belinha, (minha mãe costumava me chamar assim) você tem notado que seu irmão está muito desanimado, sem energia para brincar, não é?

Concordei com a cabeça.

— Então, levamos seu irmão ao médico e ele está com um probleminha onde fabrica o sangue.

Logo eu retruquei:

— Mas tem como consertar, mamãe?

— Sim, Belinha. Nós vamos tentar consertar. Existem alguns tratamentos para isso, mas...

E eu interrompi, dizendo:

— Oba, mamãe! Então, vamos consertar meu irmão!

— Mas, como eu estava dizendo, não é tão fácil. Seu irmão terá que tomar alguns remédios fortes e nem sempre ele passará bem. Ficará muitas vezes indisposto, nem sempre vai querer conversar... até comer o que ele gosta tanto, às vezes, ele não vai querer. Pode ser que ele também fique sem cabelos, mas nós vamos comprar vários bonés, um de cada cor, para ele combinar com suas roupas!

Confesso para vocês que por dentro, muito por dentro, eu fiquei preocupada se tudo isso aconteceu com ele porque eu tive vontade, em alguns momentos da minha vida, de voltar a ser filha única, e se tudo isso aconteceu porque eu já tive raiva dele. Sim, chegou a nascer na minha cabeça o pensamento de quando eu era sozinha com o papai e com a mamãe, que o colo era só meu... E eu não tive coragem de falar isso para ninguém! Guardei só pra mim.

O TRATAMENTO

Fiquei muito preocupada com aquela conversa da minha mãe, mas tinha certeza de que eles fariam o que fosse possível para consertar meu irmão.

Os dias foram passando, o tratamento começou, e meus pais se dedicaram muito para meu irmão ficar bom. Minha mãe até parou de trabalhar para ficar com ele.

Tinha dias que ele voltava do tratamento feliz, cuidava das minhas plantinhas comigo, jogávamos videogame, mas tinha dias que ele vomitava muito, não queria nem conversar, e minha mãe tinha que ficar ao lado dele. Ela ficava muito preocupada e muitas vezes tinha até que ligar para o médico.

Ele realmente perdeu seus cabelos, mas continuou muito fofo. Dava muita vontade de beijar a sua careca. Era lisinha!

24 A PLANTINHA QUE MURCHOU

Minha plantinha murchou

Um dia, estávamos molhando as minhas plantinhas, quando notamos que Violeta estava ficando muito murcha. Colocamos mais água, mas no dia seguinte, ela estava ainda mais murcha.

Achamos que fosse falta de sol, embora elas ficassem num lugar ideal, com sol, sombra, proteção. Que nada! Ela continuava murchando. Fiquei preocupada, pois afinal ela era minha planta mais nova, a última que ganhei no Natal do ano passado.

Minha avó até me deu uns adubos (vitaminas de plantas) para ver se ela se recuperava, mas não deu certo. No fundo, eu até sabia que ela murcharia muito, até não viver mais.

Eu fiquei triste, e meu irmão também ficou, pois de tanto eu gostar delas, ele também passou a gostar. Eu até cheguei a levar minhas plantinhas para o hospital em uma das internações do meu irmão.

O QUE VAI ACONTECER?

Os dias foram passando. Na verdade, meses. Bem, acho que passou um ano.

Meu irmão sempre se tratando, e todos da família empenhados em consertá-lo. Mas parecia que, bem, parecia que ele não estava melhorando. Eu não gostava de pensar nisso, mas, às vezes, o pensamento vinha na minha cabeça. Comecei a ficar preocupada. Muito preocupada. Muito, muito preocupada, muito mais do que quando minha plantinha começou a murchar.

Lembrei que minha mãe me disse que eu poderia perguntar o que eu quisesse para ela, que ela responderia. Achei que seria a hora de eu perguntar.

Esperei um momento que meu irmão estivesse dormindo e fui até a cama da minha mãe. Ela estava conversando com Deus.

— Mamãe, você pode conversar comigo?

— Claro, Belinha! – percebi que a voz da minha mamãe era de quem tinha chorado.

— Mamãe, o Vitor vai ficar bom? Os médicos vão conseguir consertá-lo?

E com uma voz fraquinha e quase sem forças, minha mãe me respondeu:

— Filha, eles estão tentando, mas acho que não. Os soldadinhos do seu corpo fizeram de tudo para defendê-lo, mas acho que agora estão se cansando...

— Mas, mamãe! Ele pode...

— Morrer? Sim, filha, ele pode.

— Mas, mamãe, ele ainda é criança! Só pessoas velhas morrem!

— Não, filha. Basta estarmos vivos. Sua plantinha preferida, Violeta, que era a mais nova de todas, também não foi a primeira a morrer? Assim também é a vida.
Por isso, como nunca sabemos a hora que vamos

partir, devemos aproveitar cada minuto de nossas vidas, de preferência, fazendo coisas boas e ficando mais tempo ao lado de quem amamos. Sabe aquele abraço que tivemos vontade de dar em alguém? Vamos dar! Sabe quando temos vontade de dizer a algumas pessoas: eu te amo? Vamos dizer!

— Mamãe, eu brinquei muito com meu irmão. Eu aproveitei muito a vida com ele. Cada minuto que fiquei com ele foi especial para mim.

— Então, filha, diga isso a ele!

A dESPEdidA

Vi que meu irmão estava quietinho, deitado, mas bem fraquinho. Fechei a porta e disse a ele tudo que eu gostaria: disse que todas as vezes que brincamos foram muito legais, que ele era uma ótima companhia, que o amava muito. Disse também que, se algum dia eu fiz alguma coisa de que ele não gostou, que ele me perdoasse, porque foi sem querer. Afinal, crianças brigam, né?

Disse até que eu esperei muito que ele chegasse, mas que eu entendia que aquele momento era o momento de ele ir embora.

Vitor já não conseguia falar, mas concordou com tudo que eu disse, somente com a cabeça.

Dei um abraço e um beijo bem gostoso nele. Ele foi embora, mas eu nunca vou me esquecer de que tive ao meu lado o melhor irmão do mundo.

Hoje, falo e me lembro dele com muito carinho. Falar do meu irmão e de nossas aventuras me deixa muito feliz.

Adoro contar aos meus amigos as nossas peripécias! Lembro-me de algumas coisas engraçadas que fizemos juntos e dou muitas risadas também!

Ele não está mais ao meu lado fisicamente, mas a nossa ligação e o nosso amor sempre vão existir dentro do meu coração e do coração dos meus pais.

Continuo regando minhas duas plantinhas, Espinhudo e Princesa, sempre lembrando que ele também as adorava!

As lembranças de quem partiu continuam existindo em nossos corações, eternamente, do tamanho do nosso amor. Portanto, do tamanho do infinito.
Priscila Machado Beira